KB089858

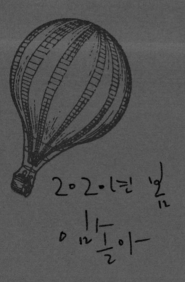

2020년 봄
이날이-

겟패킹

임솔아

갯패킹

임솔아

PIN
029

차례

2부

PIN

029

갯패킹

임솔아

시

1부

리기다소나무

누군가 만들다 만 눈사람에게 우리는 돌을 박았
다. 꽁꽁 얼어 있어 잘 박히지 않았다.

이제 눈사람에게 눈이 생겼다.

열심히 하지 마요.

너무 열심히 하면 무서워요.

숲은 하얬고 흔들렸고 나무들은 우리를 에워쌌
다. 빵이 얼었네. 주머니에서 돌을 꺼내며 나는 말
했다. 먹고 싶다거나 맛있다는 느낌 없이도 빵을 먹
는 것처럼, 좋음을 기대하지 않았다. 물병도 얼어
있었다. 목이 메었다. 열심히 먹지 않았다.

여기는 스위스 같아요. 리기다소나무의 씨앗 날
개를 하나씩 나눠 가졌다. 딱딱하게 얼어버린 고양
이를 지나갔다. 딱딱한 얼음을 열심히 핥고 있는 고

양이를 지나갔다.

　아무도 밟지 않은 눈을 밟아요.
　밟힌 눈은 미끄러워요.
　더 이상 아무도 다치면 안 돼요.

　우리는 숫눈을 골라 디뎠다. 산을 다 내려오자
손이 시뻘게졌고 입술이 찢어졌다.
　산책을 했을 뿐인데.

서로

불 켜진 간판 하나를
친구가 가리켰다.

고개를 저으며
나는 친구에게 말했다.

저곳은 우리가 못 들어가.

간판만 보고서 어찌 아느냐고
친구는 나를 그 가게로 이끌었다.

촛불을 켜두고서
한 여자가 손님을 기다리고 있었다.
여자들이 어떻게 여기 왔느냐고 여자는 물었다.

그러게요.
우리가 어떻게 여기에 왔을까요.
우리는 셋 다 어깨를 으쓱했다.

아무도 없으니까

라며 여자는 메뉴판을 내주었다.
아무도 없으니까
여자와 여자와 여자가 함께 앉았다.

소파는
더럽게 푹신했다.
몸이 푹푹 파묻혔다.

우리 중 누군가가

종일 옷을 지킨 적이 있다 말했다.
옷을 벗어두고 사람들이 바다에 뛰어들었다 했다.

납작하게 널브러져
모래 바닥에
나뒹굴던
옷.

우리 중 누군가가

그런 장면은 이상하게도
잊히질 않는다 말했다.
셋 다 고개를 끄덕였다.

서로의 얼굴 속에서

서로의 얼굴을 찾아주려는 듯
우리는 서로를 빤히 바라보았다.

길에서 마주치더라도

알아볼 수 없는 사람들이
거리를 꽉 메울 때까지
그랬다.

조금 전에

눈동자가 물에 잠겨가는
사람에게는
물에 잠겨가는
도시가 나타난다.

발목이 물에 빠지고
팔꿈치와 어깨까지 수위가 차오르고 나면
이목구비가 잠겨간다. 빌딩들이 해초처럼 출렁
인다.

어떤 영화는
떨어지는 사람을 슬로모션으로
보여줄 테지만

인간은

물속으로 가라앉는 돌멩이가 아니다.

그 사람은
다리에 올라서서
물을 내려다볼 것이다.

방금 내 정수리로
물방울 하나가 떨어졌다.
하늘을 향해 내 손바닥을 펼쳐 보였다.

이곳도
누군가의 눈동자 속이겠지.
그 사람은 조금 전에

호수가 담고 있던 검은 하늘을

손가락 하나로

일그러뜨렸다.

출입국

저는 그래서 어떻게 되나요? 사람들이 바닥에 차곡차곡 누워 있었다. 자기 옷을 덮고서 자기 가방을 베고서. 번호표를 꼭 쥐고 있었다.

내가 위험하다는 소식을 들은 적이 있었다. 내가 그래서 어떻게 되었는지 궁금해서 물속에 머리를 넣었다. 물속에 있는 것들이 보였다. 물을 보려 하면 물은 지나가버리고 지나가버렸다. 물의 가장자리에 죽은 잠자리 떼가 모여 있는 동안 물의 가장자리에서 먹고 마시고 노래하고 달리는 사람들이 있었다.

불 꺼진 거실에 앉아 초콜릿 한 박스를 다 먹었다. 달콤하구나. 먹어도 먹어도 새까맣게 달콤하구나. 몸을 일으키면 내 가슴에서 까만 조각들이 쏟아졌다. 쪼그려 앉아 손끝으로 하나씩 검은 조각들을 찍어 먹었다.

끈적이는 것이 발에 닿았고 나는 걸어나갔다. 맨발이 내 맨발에 닿아 있었다. 열려 있는 창문 쪽으로 고개를 돌렸다. 빗소리 때문에 비를 알아챘다. 저는 그래서 어떻게 되나요? 입국신고서를 들고 창가에 서 있었다.

물이 들이치고 컴퓨터와 마우스와 스피커가 젖어가고 책이 울고 책상이 뒤틀리는 동안 화분들은 좋았겠구나. 나는 밖으로 나와 거짓말 같은 하늘을 올려다보았다.

바캉스

내가 아무것도 보지 않고 있다는 것을 나는 똑똑
히 보고 있다 눈동자가 눈빛을 놓아주었으면 해서

여름 내내 나는 물속에서 지냈다 물에게 말을 했
고 목소리는 공기 방울이 되었다 더 가면 안 된다
는 목소리와 관두자는 목소리가 똑같이 동그랗고
똑같이 투명했다

물은 차차 깊어졌다 목소리는 점점 위로 올라갔
다 정적으로 태어나버린 목소리를 듣고 있었다 음
속이 침묵의 속도를 감당할 수 없는 까닭을 상상
하면서 별 하나가 성단에서 벗어나는 것을 지켜보
면서

바닥에 가라앉아 있는 추처럼 나는 몸을 동그랗

게 말았다 온 힘을 다해 가만히 가만히 있었다 남은 목소리가 몸을 빠져나가버릴 때까지 그래서 목소리가 멀리 가버릴 때까지

하얀 모래 위에 누군가 잠들어 있었다 동그란 물방울들이 온몸에 다닥다닥 붙어 있었다 물방울에게 체온을 나눠주는 사람을 바라보다가 나는 천천히 다가갔다 하얀 타월로 그 사람을 덮어주었다

아무도 하지 않은 말을 나는 똑똑히 듣고 있다 동그랗고 검은 눈동자가 내 눈동자를 바라볼 때까지 눈동자가 눈꺼풀을 깨울 때까지

끝없이

머리를 긁적이다가
내 방을
둘러본다

남의 조금이 내 컵 바닥에
남의 조금이 내 베개 아래에
남의 조금이 내 방바닥에

바닥을 보여줄 필요가 있어요? 바닥을 보아야만
끝을 볼 수 있나요? 끝을 보기 위해 바닥을 보아야
만 하나요?

진짜인 척 행세하는 사람을 보면
콧방귀가 나오고 그것으로서 나는 진짜인 척 행
세할 수 있어요. 성함이 어떻게 되세요? 반갑습니다

감사합니다 방바닥을 닦지도 않고 사용한 컵을 치우
지도 않고

　집으로 돌아갈 때마다
　오늘도 잘 끝냈다고 말한다

　내 티셔츠가 책 아래에
　내 양말이 머리맡에
　내 가방이 엎어진 컵을 또 치고 컵은 조금 옆으
로 굴러가고

　바닥이 움직이는 것 같지 않나요? 바닥이 끝을
끝으로 밀어내지 않나요? 끝이라는 단어를 생각하
면 끝을 붙잡고 끝없이 갈 수 있겠지요?

내가 왈칵 쏟아진다 잠을 자다가
시계를 보고 깜짝 놀라 일어날 때처럼

나의 조금이나마 컵 바닥에
나의 조금이나마 베개 아래에
나의 조금이나마 이 방에 남아 있는 줄 알았다

조용해지기만을

한 시간 뒤에
태풍이 도착한다는데
비치 체어에 누워 있고 싶대요.

창문들이 터지고
전봇대가 부러지고
첨탑이 날아가고
저도 같이 날아가고 싶대요.

옆 동네까지 날아가고 싶대요.
자기 끝은 여기가 아니라 거기였으면 좋겠대요.

내가
화분들을 방에 데려오고
음식물 쓰레기통을 옮겨놓고

창틀에 청테이프를 붙이는 동안에

밖으로 나가지 말라는 재난문자가 도착하는데
보란 듯이 비치 체어에 누워 있겠다는데

나도 알고 있거든요.
집 안에서 맞는 사람이 있고
집 밖에서 맞는 사람이 있다는 것을요.

숨죽여 지켜보면서
조용해지기만을 기다리고 있다는 것을요.

춤을 너무 잘 춘다구요?
이렇게 잘 추는 춤은 즐기는 것이 아니라구요?
즐기면서 이렇게까지 잘할 수는 없다구요?

누워 있던 보도블록들이 덜컹덜컹 일어서는데
밟고 다닌 것들이 공중으로 떠오르는데
저게 즐기는 것처럼 보여요?

바다에 걸어 들어가겠대요.
홍학 모양 튜브가 미친 듯이 뒤뚱거려요.
뒤돌아 없는 것을 바라보고 싶대요.

겟패킹

우리는 괜찮다고 생각했다가 괜찮지는 않은 것 같다고 생각했다가 괜찮다는 건 무엇일까에 대해 생각했다. 우리는 나란히 서서 강을 바라보았다. 그냥 보기만 하는 돛단배가 강 한가운데에 떠 있었다. 정말 새까맣고 정말 아름다운 나비가 날아다니고 있었다.

우리가 카페에 자리를 잡았을 때
친구는 모두에게 캐리어 한 개씩을 나누어 주었다.

게임을 하자고 했다. 규칙은 간단했다. 캐리어에 물건들을 담아 캐리어를 닫으면 된다.

모자를 넣으면 오리발이 튀어나왔고 오리발을 뒤집어 넣으면 곰 인형의 엉덩이가 튀어나왔다. 가방

을 싸는 동안에는 가방을 싸는 일만 생각할 수 있
어서 우리는 가방을 싸고 또 가방을 쌌다. 이비사
에 가기 위해 코란타에 가기 위해 보라보라에 가기
위해

손님은 점점 줄어들었다. 종업원이 다가와 폐점
시간을 알려주었다.

한 사람을 남겨두고 우리는 돌아갔다. 잠깐 비가
왔다. 차창에 맺힌 물방울들이 부서지면서 점선이
되어갔다. 침묵을 깨고 누군가 말했다. 오늘은 우리
가 함께 가방을 쌌다고. 여행을 떠나지는 않았지만
가방을 싸두었다고.

아는 사람

벌레 떼가 쫓아왔다. 아는 사람처럼
매일매일 신어도 매일매일
발이 아픈 신발처럼

나는

걸음걸이가 어색해지고
껌을 씹는 방법이나 잠에 빠져드는 비법에
매번 어색해진다.

나는

너와 더 오래 있고 싶었다.
잘못했다는 말을 들으면
내가 잘못한 것만 같다.

손가락을 뻗어 내가 빵— 소리를 내면

너는

죽은 체한다. 눈을 꼭 감고서
네가 잘 누워 있으면
나는 너를 안아준다.

가지 마, 내 잠꼬대 소리에 내가 깨어날 때
너에게 한 말인지 나에게 한 말인지
구분하지 못한다.

너는

잘 지내길 바라.

다시는 보지 말자는 얘기야.
다행스럽게 한 번도 밖을 보지 못했지.

내 방 구석에 있는 소화기를 보고 있다.
작고 무겁고 단단하고 빨갛게 서 있다.
아는 사람처럼.

저걸 죽을 때까지
쓰지 않을 거지만
그건 좋은 일이다.

너는

조용해서 시끄럽다.
폐가에만 우글거리는 식물들처럼. 맨발로

밟은 과자 조각처럼.

밟는 느낌이 참 좋지요,
수북하게 쌓인 은행잎을 밟으며
누군가 내게 말했다.

수백 명

극장에 앉아 있었다.
수백 명의 눈동자에
한 사람의 얼굴이 맺혀 있었다.

여자는 밤거리를 걷고 있다.
자동차 아래마다 고양이가 웅크리고 있다.
일제히 고개를 돌려가며 여자를 바라본다. 여자
가 가까이 다가가면

더 짙은 어둠으로 도망친다.
수백 명의 눈동자에 고양이의 눈동자가 맺혀 있
었다.

이리 와. 여자는 말한다.

여자가 내민 손을 보면서

나는 어둠에 손을 집어넣었다.

잡히는 것을 입속에 넣었다.

그것이 너무 큰 소리를 내지 않길 바라면서

가지 마, 하고 혼잣말을 했다.

고양이는 가장 짙은 어둠을

가장 안전하다 믿고 나는 그런 고양이를 믿었다.

버스 정류장, 기다리는 사람들은 같은 방향을 보고 있다.

여자는 고개를 들어 빛이 쏟아지는 집을 올려다본다.

텔레비전을 따라 집의 색이 바뀐다.

여자가 갈 곳이 없어 끝내 죽음을 선택하는 것을
수백 명이 두 시간 동안 바라보았다.
비가 오네, 하고 여자가 손바닥을 펼칠 때까지.
빗소리가 극장을 메울 때까지.

메이드

좀비들이 바깥을 돌아다니는
만화책을 보았다.

주인공은 방에서 지냈다.
친구들이 좀비가 되어가는 걸
문구멍으로 지켜보았다.

친구들은 먹고 뛰고 울부짖었다.
참으로 정직해 보였다.

매일 밤마다 친구들은
나오라고 해맑게 손짓하고

문을 열고
바깥 냄새를 맡아보고 싶었다.

좀비의 냄새를. 그리운 친구들의 냄새를.

메이드는 만화책을 덮었다.
복도 양옆으로 늘어서 있는 방들을
지나가고 지나갔다. 메이드는 복도에서 지냈다.

아무도 없는 방을 발견하면
초인종을 눌렀다.
방 안에서 새소리가 들렸다.

문을 열어줄 사람이 없으니까
더 오래 새소리가 들렸다.
메이드가 문을 열면

이 방에 없는 사람의 냄새가 났다.

메이드는 무릎을 꿇고 앉아
바닥 카펫의 얼룩을 지웠다.

카펫은 보드랍고 짐승의 살결 같고
사람의 흔적을 남겨두어서는 안 되었다.

이 책을 덮고 나는 욕조에 물을 받았다.
욕조 옆에 무릎을 꿇고 앉아
책을 씻겼다.

깨끗해질 때까지.
지저분한 문장들이 깨끗하게
다 사라질 때까지.

종이는 조금씩 투명해져갔다.

앞장에서 뒷장이 비쳤다. 울고 엉겨 붙고 찢어지
고 불어터졌다.

글자는 더 또렷해져갔다.

편지를 읽고
너는 욕조에서 사람을 발견한다.
젖어 있는 사람을 창틀에 넣어 말린다.

건너편 건물 창틀에 앉아
고양이가 제 몸을 말리고 있다.
저 애는 창틀에서 지낸다.

2부

이름

결혼식장에서
이름만 알고 있던 사람들을 만났다.
나는 모른 체했다. 그들이 나를 모른 체하는 것도
모른 체했다.

주변을 두리번거리고

찾고 있는 식물 이름이 뭐냐고
주인은 내게 물었다.

빛과 물이 없어도 잘 살고
허공에 매달려서 살고
손바닥보다 작다고 말하자

주인은 나를 덤불숲으로 데리고 갔다.

덤불 꼭지 하나를 따 보여주었다.

틸란드시아는 원래 이렇게 생겼다고.

결혼식장에서 원래 알던 사람도 만났다.

이름이 기억나지 않았다.

저를 잊어버리셨군요,

나는 그 사람을 기억했다.

그 여자는 아프가니스탄에서 태어났고 페인트공
이라 했다.

저 아름다운 하얀 벽들과 파란 창문을 모두 자기
가 칠했다고 했다.

헤어지기 전에 나는 이름을 물었다.

여자는 내 공책에 자기 나라 말로 자기 이름을 적
어주었다.
읽을 수 없는 말이었다.

집으로 돌아와
공책을 꺼내어
여자의 이름을 번역기에 옮겨 적었다.

그것은 이름이 아니었다.
행운을 빌어요, 라는 말이었다.

행복하세요, 라고 신부에게 인사했다.
신부는 칸쿤에서 엽서를 보내왔다.

나는 잘 지내고 있어.

자꾸 아는 사람을 마주친다는 점만 빼면.
여기저기에서 한국말이 들려. 멀리서도 귀신같이
그 말을 알아듣고 말아.

탕후루

이런 햇빛에는 적의가 있는 것 같아.
덥고 아무도 길에 없다.

그런 의도는 없었어. 믿지?

가게에서 한 아이가 딸기 탕후루를 들고 나온다.
새빨간 시럽이 아이의 하얀 티셔츠에
줄줄 흘러내린다.

그럴 줄 알았다.
믿는다니.

뒤따라 나온 여자가 가방에서 물티슈를 꺼낸다.
탕후루를 맛본 아이들은 탕후루에 미쳤고 탕후루
때문에 매를 맞았고 자살을 하면서 탕후루를 입안 가

득 넣었다. 중국 영화에서 탕후루가 나올 때마다 나는

　귀퉁이에 서서 벽에 손을 대고 있다. 귀퉁이도 절
벽이니까 지켜야 되는 것이 생기고 귀퉁이마다 누
군가가 누군가를 기다리고 있을 것을 상상하며 기
다릴 때마다

　햇빛이 그저 햇빛이라는 것
　적의가 그저 적의였다는 것

　뒷목을 쓸어본다.
　손바닥에 묻어 나온 새빨간 시럽을
　손수건으로 닦는다.

　그럴 의도가 없었다니.

캠핑

한쪽 손엔 가위를
다른 손엔 집게를 들고 있었다. 쪼그려 앉아
고기를 접시에 담고 있었다.

아이들은
물속으로 뛰어들고 또 기어 나와
또 뛰어들었다. 해맑게 지글지글 익어갔다.
웃다 웃다가 밤새도록 앓았다.

물속에서는
사람을 업고 걸어도 무겁지 않았으므로
엄마도 업고 언니도 업었으나
물에 빠진 사람은 구하지 못했다.

꿈속에서 아무도 죽여본 적 없다던 사람이

비명을 지르며 깨어날 때에

이곳은 꿈이 아니야,
그 사람을 안심시켰다.
꿈속에서 그는 죽기 직전이었다고 했다.

물속에서
맨발로 밟았던 것들을 떠올렸다.
물안경과 찢어진 비닐봉지. 이끼와 반짝이는 귀걸이.
누군가 떨어뜨린 가위……

마구잡이로 물을 맞고도
식물처럼 활짝 웃었다.
입술이 새파랗게 질릴 때까지.
새파랗던 물이 새까맣게 변할 때까지.

대기실

잠든 아이를 둘러업고 뛰어가는 꿈을 꾸었다.

나는 아이의 집을 알지 못했다. 아이의 이름을 알지 못했다. 가시랭이가 온통 일어나 있는 손끝과 깨진 유리창과 고요한 집들과 작고 파랗고 윤기 나는 알약들을 짓밟으며 뛰어갔다. 업힌 아이의 숨소리가 가빠졌다.

나는 어른들에게 울지 않으면서 화를 낼 수 있어야 한다. 아이를 집에 데려다줄 때까지 나는 꿈에서 깨어나지 않아야 한다.

나를 업고 있는 사람이 내 이름을 불렀다.
나를 업고 있는 사람의 숨소리가 가빠졌다. 어둠이 필사적으로 우리를 뒤쫓아 왔다.

깨어나라고, 깨어나달라고 말하던 사람이 잠든 사이에

나는 꿈에서 깨어났다.

아무도 없는데 크리스마스 전구가 밤새도록 점 멸했다. 환자들은 숨을 쉬었다. 아침이 올 때까지 그것들은 같은 박자였다.

아무것도 먹지 못하겠다는 사람과
허겁지겁 먹고 있는 사람

우리는 할 만큼 했다고
이제 각자의 집으로 돌아가자고

말하는 사람이 함께 밥을 먹었다.

싶습니다

빨래를 널다 호주머니에서 쪽지가 나왔다. 지금 말고

나중에 읽어달라던 부탁이 떠올랐다.

젖어 있는 쪽지를 조심조심 펼쳤다.

쪽지에는

_____라는 문장이 지워져 있었다.

지금 말고 나중에

함께 시베리아 횡단열차를 타자는 약속과

아무 이유 없이 안부를 묻자는 약속과

같은 동네에 모여 살자는 약속과

나중을 떠올리는 일은 어째서

어제를 상상하는 일이 되는지 그것은 어째서

지워지고서 발견이 되는지

_____라는 문장을 읽을 수 없었다.

나는 그 쪽지에 적었다.
유성 하나가 우리 집 가까이 떨어졌을 때
새카만 밤과 새카만 방이 하얗게 지워지는 순간을
본 적이 있다.

_____라는 문장이 더 번져나갔다.

글씨에서 선이 자라났다. 선에서 얼룩이 자라났다.
글씨가 글씨 바깥으로 나아갔다.

지금 말고 나중에

당신은 이 쪽지를 읽는다.

_____

울음

길거리에서 그것을 주웠다. 어찌할 줄 몰라 주머니에 넣었다. 내 것은 아니었다. 배가 고파지면 그것을 꺼내 조금씩 뜯어 먹었다. 나는 더 오래 걸을 수 있었다. 죽은 개를 밟고 지나가는 자동차를 보았고 죽은 개를 안고 걸어가는 아이를 보았다. 한 사람이 흘리는 수백 개의 그것을 보았고 트럭에 싣고 가서 그것들을 내다 파는 사람을 보았다. 우레탄폼을 쪼아 먹고 있는 비둘기에게서. 아득한 광장에서 휑한 골목으로 돌아가는 사람에게서. 대파 한 개가 꽂혀 있는 화분에게서. 다 뜯어 먹었네, 다 뜯어 먹었어, 계란 껍질을 올려놓으며 중얼대는 노파에게서. 나는 그것을 주웠다. 시에서 주운 그것은 말라비틀어져 먹을 수 없었다. 가끔은 그것이 날카로웠다. 입에 넣고 씹으면 그것에게서 내 피 맛이 났다. 그것을 우적우적 삼켜버렸다. 그것은 내 안에서 내

장을 할퀴며 돌아다녔다. 내 눈에서 그것이 처음으로 터져 나오기 시작했다. 나는 땅을 짚고 기어갔다. 더러운 비둘기가 다가왔다. 내 몸에서 터져 나온 그것을 물고서 먼 곳으로 가버렸다. 나는 그것을 잠깐 지켜보았다.

물집

집에 돌아와
따뜻한 물로 발을 닦는다.

물이 닿아서 아파지고
아프면 물집이 생겨나고 또다시

단추가 사라져도
단추가 있다는 걸 잊어버리면서도
단추들을 모아두었는데.

차가운 컵 밑에 물기가 고인다.
아픈 사람은 가만히 누워 끙끙거리기만 하고 대
답도 안하고 눈도 뜨지 않는다. 헛소리나 하고 자꾸
헛소리를 한다.

여기를 누르면 따뜻한 말을 해줘요 걱정하지 말래요 물웅덩이를 불러왔어요 선인장 하나를 더 불러 볼게요 기린하고 사슴도 보세요 웅크리고 잠을 자고 있어요 저녁을 부를까요? 눈이 오는 건 어때요?

눈이 쏟아지고 눈이
눈에 엉겨 붙는 건 어때요?

걱정하지 말라잖아요,
자꾸 같은 길을 걷고 같은 음악을 듣고 같은 말을 하고 같은 잘못을 저지르고 같은 반성을 해요 똑같은 버스 똑같은 노선 똑같은 겨울 똑같은 회전 매번 간절했다는 게 믿기지가 않고, 내일은 다를 거라며 십 년 넘게 같은 편지를 썼어요 오래 사용한 부위는 매일 새롭게 아파진다.
뒤꿈치에서 투명하고 맑은 물집이
또다시 생겨난다. 또다시

모든 눈은 사라지고
우리는 계속 있다. 또다시

열심히 자고 있는 사람의 얼굴을 보고 있다.
너무 열심히 꿈을 꾸는지
눈꺼풀 속에서 눈동자가 빠르게 움직인다.

발자국이 발자국 모양대로
얼어간다.

피켓

예의에 대해 묻자
그것은 웃는 것이라 했다.

폭탄이 떨어진 곳을 향해 달려가는
시리아의 구급대원에게

아이를 구하지 못한 심정을 묻자
그는 입술을 떨며 웃었다.

가만히 있지 말자는 피켓을 들고
가만히 있는 사람이 그려진
피켓과

관례를　　　　　 깨자고 적는 사람 옆에
관례를 (예술적으로) 깨자고 적는 사람 옆에 예술의

관례를 (예술적으로) 깨자고 적는 사람 뒤에는
그것이 (예술의)   오랜 관례라고
적는 사람

나는 오늘
친구들과 웃는 연습을 했다.
입꼬리를 한껏 올리고

마주 보았을 때 친구는 내 눈빛에
화가 들어 있다고 했다.

우그러진 표정을 하고서
너도 그래,
라고 나는 말하지 못했다.

우리 집 개가 죽었을 때 개는
웃는 것처럼 입꼬리를 한껏 올리고 있었다.
눈빛은 꺼져 있었다.

총을 조준한 채
웃고 있는 군인들을 보고서도
베트남 소녀는 웃고 있었다.

선생님들도 친구들도
정신과 간호사도 정신과 환자도

모두가 이 관례를 알고 있다.

태국의 병원에서 누군가
자기 신체가 절단될 때

마취제 대신 해피 가스를 마셨다.

전기톱 소리를 들으며 그는 자꾸만 웃었다.

나도 그래,

라고 나는 말 못했다.

악당

티셔츠가 흠뻑 젖도록 한 여자가 혼자 공을 차고 있었다. 꼬마가 창문에 걸터앉아 줄넘기 줄을 휘두르고 있었다. 할아버지가 가게 앞에 쪼그려 앉아 같은 기계를 매일 고치고 있었다. 같은 장소에서 같은 시간에 고양이를 마주쳤다. 나비 한 마리가 잎사귀 뒷면에 앉아 있다가 앉은 채로 죽었다.

새소리가 일시에 멎었다가 일시에 다시 이어졌다. 새소리가 시작될 때 그림자들이 다시 움직이기 시작했다. 빨랫줄에 걸려 있는 집게들이 쉬지 않고 흔들리고 있었다. 총을 쥐고 있는 아이들이 골목에 모여들기 시작했다. 총을 쥔 아이들은 저마다 영웅이고 나는

횡단보도에서
뺨에 총알을 맞았다.

"악당을 잡았다!"

커다란 M16 총을 두 손으로 끌어안은 아이가
깔깔 웃으며
도망갔다.

#

내가 아파하는 걸 그 사람은
즐거워했어요.

낮에도 밤에도 커튼을 치고 살아요.
현관문에 잠금장치를 네 겹으로 달아두었어요.
모자와 마스크를 쓰고 선글라스를 껴야 외출을

할 수 있어요.

사라진 사람이 되어야 살 수가 있어요.
어떻게 해야 그 사람이 사라질 수 있죠?

식탁 위에 수북하게 쌓여 있는 알약들을 바라보
며 여자는 사과를 먹었다. 사과 조각이 하나씩 사라
져가고 여자가 조금씩 사라져가고 여자보다 먼저
사라진 여자들이 있다고 했다. 사라진 여자들의 말
을 듣고 있다가 사라져간 여자들이 있다고 했다.

속옷을 빨지도 먼지를 털지도
않고 책도 춤도 일요일의 영화관도
없고 벚꽃도 계절도 순가락도
모르고 새벽 냄새와 그 어떤 저녁노을도

없이 여자는 총에 대해 생각한다.

총을 생각하고 있으면
총을 쥐고 있는 것 같고
총성이 웃음소리로 들리는 순간과
웃음소리가 비명으로 들리는 순간과
발소리가 북소리로 들리는 순간과.

텅 빈 가죽을 때리는 방망이질. 몽둥이질로 이어
지는 음악. 신음으로 연결되는 노래.

여자는 뺨을 감싸 쥔다. 깔깔 웃으며 도망가는
영웅을 바라보고 바라본다. 여자의 눈이 초점으로
부터 지워진다. 여자의 코가 숨으로부터 지워진다.
여자에게서 여자들의 목소리가 들려온다. 소파에

앉아 이야기를 나누며 사과를 먹는데 여자들이 사과가 되어 껍질이 도려내지고 씨앗이 버려지고 단 살만 조각조각 으깨어진다. 악당들의 끝은 사라지는 것이겠죠? 여자는 조금 더 용기 내어 조금 더 적극적으로 사라지기로 한다.

#

풍선 하나를 안고서
바다를 건너고 있다.

이것은 눈 코 입이 있을 줄 알고 말을 할 줄 알고
깔깔 웃을 줄 알고 무서워할 줄 안다.

이것이 터질까봐 나는 잠을 자지 않고

이것이 터질 수 있다는 사실을 이것은 알지
못한다. 이것은 저절로 줄어든다.

바다를 떠다니는 수많은
이것들을 발견한다.

이것들은 여러 나라를 산다. 이것들은 여러 시대
를 살고
모두 나를 바라보며 내게 가까워진다.

이것을 끌어안은 여자아이와 이것을 끌어안은
테러리스트가
이것과 함께 바다를 건너고 있다.

#

장례식장을 서성이는 여자애를 보았다. 삼선슬리퍼를 신고 있었다. 사람을 죽이는 상상을 하다가 그 사람도 나를 죽이는 상상을 할지 궁금해졌다. 고개를 숙인 사람의 눈에서 눈물이 뚝뚝 떨어져 안경 알에서 터져 흐르는 소리가 들려왔다. 투명한 물방울이 사라져가면서 남기는 얼룩을 보았다.

사람들이 사진 앞에 서서 절을 한다.
두 손을 모으고 고개를 숙인다.

살인자가 조문을 왔어요. 어떻게 하죠?
산 사람은 살아야죠.
나는 자리에 앉아 육개장을 먹는다.

이 장례식은 누구의 장례식입니까?
사라진 자가 이곳에 앉아 있다.

살인자는 누구이며 산 사람은 누구입니까?
전을 씹으며 사람들은 토론을 한다.

#

무서워하는 사람들이
한방에 모여 있다.

무서워하는 사람들과 함께 무서워하는 동안에는
무섭지 않다. 무섭지 않아야 하는 것이 무서워질
때마다 고맙다고 말한다.

나도 모르게 사람의 손을 덥썩 잡는다.

이것은 선의가 아니다.

죽이고 싶음이 나를 죽일 것 같을 때마다 사랑한
다고 말한다.

이것은 옳음이 아니다. 한 사람이 쓰러지고 다음
사람이 쓰러질 때마다

선물을 주고받는다. 포장지를 뜯는다.

투명한 플라스틱 상자에는

날짜별로 포장된 작은 종이들이 담겨 있다.

종이 안에는 칼슘과 비타민 D와 자나팜과 프로
작이 담겨 있다.

꼬박꼬박 드세요.

쓰러지지 마세요.

잠을 못 잘 때 자나팜을 드세요.

토스팜정을 반으로 쪼개

나누어 먹는다.

#

　내 말은 인간을 계속 믿어야 한다는 얘기다. 왜냐하면 인간에게 실망하고 배신당하고 조롱당하는 편이 그들을 계속 믿고 신뢰하는 것보다는 덜 중요하기 때문이다. 쓰라린 희생을 치르고서라도 이 성스러운 샘에 수세기 동안 악의에 찬 짐승들이 물을 먹으러 오도록 내버려두는 편이 샘이 마르는 걸 보는 것보다는 낫다. 자기 자신을 잃는 것보다는 샘을 잃는 편이 덜 심각한 것이다.[*]

같은 장소에서 같은 시간에 엄마는 내게 전화를 걸었다. 엄마는 털이 사라지는 병에 걸렸다고 했다. 엄마는 새앙쥐를 닮아가고 엄마는 자꾸 떨고 엄마는 음식을 못 삼켰다. 나비 한 마리가 잎사귀 뒷면에 앉아 있다가 앉은 채로 죽었다.

새소리가 일시에 멎었다가 일시에 다시 이어졌다. 새소리가 시작될 때 그림자들이 다시 움직이기 시작했다. 빨랫줄에 걸려 있는 집게들이 쉬지 않고 흔들리고 있었다. 총을 쥐고 있는 아이들이 골목에 모여들기 시작했다. 총을 쥔 아이들은 저마다 영웅이고 나는

횡단보도에서
총을 쏘았다.

#

우리는 너무 많은 화분을 죽여왔다. 비를 맞은 날에는 물방울이 무거웠다. 물에 젖은 옷을 입고 걸으면 누군가를 업고 있는 것 같다. 마른자리에 앉으면 의자가 젖는다. 다음 사람의 엉덩이가 젖을 생각에 우리는 미안해졌고 젖은 사람들이 젖은 자리를 찾아 앉는 것을 보았다. 집에 돌아와 우리는 신발에서 인솔을 꺼낸다. 우리의 발바닥 모양으로 까맣게 더러워진 인솔을 죽은 화분 옆에 두고 말린다.

* 로맹가리의 『흰 개』 중에서.

다녀감

벽은 낙서로 가득했다 수많은 이름이 적혀 있었다 열심히 찾아보면 누구나 자기 이름을 찾을 수 있었다 액자 하나가 걸려 있었고 알록달록한 꽃밭이 그려져 있었다 꽃밭에는 낙서가 없었다

나는 나의 화분을 생각했다 꽃이 아니라 화분이 좋아서 샀던 화분인데 오래전에 사라졌다 꽃이 커져 분갈이를 해주었는데 꽃이라지만 꽃이 핀 적은 없었는데 꽃이 피길 바란 적도 없었다 너무 아파 보여 가지를 잘라주었는데 다 잘린 채로 다시 살아날 것만 같았는데 손톱만 한 새잎이 나오기도 했는데 지난봄부터 서서히 조금씩 죽어갔지만 이제 거의 다 죽어간다

나는 내가 잘못한 것들에 대해 생각한다 자전거

를 타고 집으로 돌아오다가 좋았던 그 화분에 자전
거 그림이 그려져 있었다는 걸 떠올렸다 식물을 키
우는 건 나와 어울리지 않고 눈을 떠보면 내 방 가
득 내 것이 아닌 글씨체들이 보인다 알 것 같은 이
름들 영원과 사랑과 우정과 다녀감. 다녀감. 다녀
감. 나는 아무 감정 없이 물을 주었다 죽지 않을 만
큼만

　꽃이라거나 유대라거나 가능성이라거나 내 생각
아닌 생각들에 대해 생각하고 싶다 꽃이 죽어가는
건 내 잘못인데 내가 무슨 잘못을 하고 있는지 모르
겠고 잘해주려 할수록 내 잘못이 커져가고 그것도
내 잘못인 것 같고 꽃이라고 했는데 무슨 꽃인지 나
는 기억도 못하고 그다지 좋아하지도 않는다 나와
어울리지도 않는다고 했지만 들으라고 한 말은 아

니었는데

다녀감. 그 말이 싫었다 다들 다녀갔다는데 솔아 다녀감.이라는 낙서는 찾았는데 나도 나를 다녀갔으면 좋겠는데 너는 내가 키운 유일한 식물 십 년이 지나 네가 내 방보다 커진대도 너의 이름을 지어주지 않을 것이다

방문

내 방문을 열면
방바닥에 검은 물이 홍건하다.

웅덩이 속에 내가 가만히 누워
나를 보고 있다.
나를 타 넘고
새까만 담장들이 있고 발소리가 있고
검은 바다가 있다.

어디까지가 밤이고
어디까지가 물인지
알 수 없고

나는 검은 속으로 걸어 들어간다.
머리카락에서

검은 것이 후둑후둑 떨어지고

무너진 기억은
무너지지 않는다.
하나가 무너질 때마다
무너질 수 없는 하나가 생기고야 만다.

섬이라서
도망갈 수 없었다는 사람들을 만났을 때
바깥이 추우니 감기를 조심하라는
문자를 받았다.

방바닥에 검은 물이 홍건하다고
검은 물에 햇빛이 반사되어 반짝인다고
그 물이 다 피라고 말하는

노인이 앉아 있다.

억장이 무너지는 것은 말할 수 없으니

세상에 새가 있다. 비가 있고 어둠이 있다.

케이크처럼 한 조각만 먹어보고 싶은 아름다운 것이 있다.

수천 개의 묘비가 늘어서 있다.

슬리퍼를 신은 아이들이 눈길을 걸어가고 있다.

햇빛이 방에 쏟아진다.

눈부시게 아무것도 없다.

먼지가 쌓여 있다.

뒤돌아보면 내 발자국이 찍혀 있다.

나는 계속 내 집에 있다.

국물

비가 쏟아질 때

창을 닫는다.
두 팔을 곧게 펴고 사람을 눕혀놓고 목을 조르는 자세로
밀가루를 반죽한다.

이 물은 불에 끓는 유일한 실내다. 반죽을 주먹으로 내리친다. 찢는다. 펄펄 끓는 물속에 내던진다. 수증기로 창문이 불투명해진다.

국물을 떠먹는다.
한결 나아지는 것 같다.

팔을 뻗어 창문을 연다. 수면 위로 머리를 내민

다. 입을 벌려 숨을 마신다.

비가 쏟아질 때

실외 수영장으로 간다.
밧줄로 묶여 있는 파라솔과
차곡차곡 접혀 있는 의자들과 함께 서 있다.

저 물은 비 맞지 않는 유일한 실외다. 나는 사다
리를 붙잡고 물속으로 걸어 내려간다. 발목이 사라
지고 다리가 다 사라지고

손을 놔버리면서
나는 나아간다.

PIN

029

더할 나위 없이 맑은 얼굴

임솔아

에세이

더할 나위 없이 맑은 얼굴

대문을 열고 들어갔을 때 자그마한 연못이 있었다. 수면에는 리라와디 몇 송이가 떠다녔다. 옆에는 스티키 라이스와 향이 놓여 있었다. 작은 정원을 지나, 문이 활짝 열려 있는 건물로 들어서면 로비였다. '로비'라고 부르지만, 집주인 가족이 사용하는 거실이었다. 그 가족은 로비 소파에 모여 앉아 텔레비전도 보고 식사도 하고 빨래도 갰다. 계단을 올라가면 천장이 낮은 다락방이 있었다. 우리가 빌린 방이었다. 빛이 충분히 들어오지는 않았지만, 책상이 있었고 간이 부엌도 갖춰져 있었다. 향신료와 식기까지 구비되어 있었다. 우리가 원하는 최소한의 것은 다 있었다. 우리는 정원 테이블에 앉는 걸 좋아했다. 머리맡에서 별 모양의 커다란 조명이 흔들리는 게 좋았다. 저녁 시간이 되면 조명이 켜졌다. 주인집 할머니가 모기향을 들고 우리 곁으로 다가왔다.

매일 아침 창문을 열었다. 나비들이 들어왔다. 창문 아래 협탁 모서리에, 식탁 의자에 걸쳐둔 후드 집업에, 싱크대 수도꼭지에. 나비들은 내려앉았다. 날개를 천천히 펼쳤다 접었다 했다. 우리는 손으로 턱을 받치고 그것을 지켜보았다. 다음 날 아침이면 나비들이 싱크볼에 흩어져 있었다. 금빛 가루를 싱크볼 여기저기에 묻혀놓고 죽어 있었다.

오후에는 바닷가에 나갔다. 비치 체어에 누워 있기 위해서였다. 수평선과 구름의 윤곽이 또렷했다. 백사장은 눈이 아리도록 새하얬다. 그것만으로도 좋았다. 해변 카페에서 흘러나오는 레게 음악, 백사장 여기저기에 비치 타월을 깔고 엎드려 잠이 든 사람들 틈에 우리가 누워 있다는 것이 좋았다. 우리는 피나콜라다와 준벅 같은 칵테일을 마셨고, 책을 읽었다. 태국의 휴양지에서 내가 꼭 해보고 싶은 것이었다. 이런 이미지 속에 담겨 있고 싶었다. 진심으로 기뻤으나, 한 시간도 지나지 않아 더위를 먹었다. 벌레가 지나가는 느낌이 들어 피부를 쓸어보면 땀이 흘러내리고 있었다. 살갗이 익어가는 게 느껴졌다. 모래는 맨발로는 디딜 수 없을 정도로 뜨거웠다. 사우나에서 모래시계만 쳐다보며 땀을 빼고 있는 사람처럼, 우리는 이 멋진 풍경 속을 버텨야 했다. 파라솔 1일 요금을 선물로 지불했기 때문이었다. 아직 점심시간도 되지 않았는데 철수할 수는 없었다. 이건 아니야 싶은 심정으로 언니와 나는 지쳐가는 서로를 바라보았다. 그때였다. 우리가 바다에 와 있다는 사실을 상기했다.

우리는 애초에 바다에 들어갈 생각은 하지도 않았다. 그래본 적이 한 번도 없어서였다. 물속이라면, 온천의 대욕장에 앉아 있거나 구간마다 수심이 표시되어 있는 수영장에서 튜브를 타고 놀아본 것이 전부였다. 바닥에 타일도 깔려 있지 않을뿐더러

수면에 파도가 제멋대로 출렁거리는 물속에서, 안심하며 즐거운 물놀이를 할 수 있다고 여기질 않았다. 돌맹이와 바위 그리고 까칠까칠한 산호초가 어디에 놓여 있는지 알 수 없다는 것, 어디서부터 돌연 깊어져버릴지 측정이 불가능하다는 것 때문에 바닷속은 우리에겐 위험천만한 장소였다. 바라보는 게 가장 안전했다. 정강이 정도가 잠길 만큼만 바다에 진입했다. 그것만으로도 타버릴 것만 같은 더위는 가셔졌다. 수트를 입은 서퍼들이 파도 사이로 미끄러지는 것을 바라보다가, 결심처럼 우리는 바다에 뛰어들었다. 벌겋게 달아오른 칼이 담금질되는 순간처럼 몸에서 열기가 한꺼번에 빠져나갔다.

바다에 몸을 담그면 안정감과 불안감이 동시에 느껴진다는 걸 그때 처음 알았다. 중력이 느슨해지면 몸에 힘을 빼게 된다는 것도 그때 처음 알았다. 우주선에 탑승한 비행사처럼 몸이 두둥실 떠올랐다. 물 위에 눕는 일은 예상보다 쉬웠다. 머리를 눕히기 위해 발을 띄우면 되었다. 허리를 살짝 들어 몸을 곧게 펴고 누웠다. 물 위에 눕자, 내 숨소리가 가장 크게 들렸다. 주변의 다른 소리들은 저만치 물러났다. 발바닥 사이로, 손가락 사이로, 귓바퀴 언저리로 물이 스며들었다. 몸을 스쳐가는 물결이 내 육체를 어루만지는 듯했다. 수영을 해보기로 했다. 폐에남아 있는 공기를 가늠하면서, 팔을 몇 번 휘저었다. 앞으로 나아갔다. 해변과 얼마나 멀어졌는지를 이따금 헤아리면서. 내맡기면서. 바닷속을 하염없이바라보면서. 가끔씩만 생각이란 것을 하면서.

　호핑 투어를 예약했다. 우리는 갑판 구석에 쌓여 있는 구명조끼와 오리발을 뒤적이며 서로의 몸에 맞는 것을 골라주었다. 첫 스노클링은 무인도의해변가를 구경하는 것이었다. 구명조끼를 입었으므로, 깊은 곳까지 물장구를 치며 나아갔다. 하얗고 조그마한 산호 안에 새끼 손톱만큼 조그마한 물고기들이 있었다. 우리는 손을 뻗어 산호를 만졌다. 두 번째 정착지는 바다 한가운데였다. 사람들은 배의 1층과 2층 여기저기에서 환호성을 지르며 바다로 뛰어내렸다. 우리는 모닝빵을 쥐고 사다리를 기어 내려와 입수했다. 깊이를 알 수 없는 심해였다.

수경을 쓰고 마우스피스를 단단히 물고 바닷속을 들여다보았다. 열대어들이 화려한 색깔을 뽐내며 유유히 유영했다. 손을 뻗어 빵을 내밀었다. 열대어들이 빵을 뜯어 먹으러 왔다. 가이드가 우리에게 다가왔다. 그 사람은 인어처럼 두 발을 모아 잠수를 하며 바다 깊숙한 아래로 들어갔다. 커다란 조개를 들고 와 우리에게 보여주었다. 그 안에 둥그런 진주가 있을 것만 같은 조개였다. 그리고 조개를 원래 자리에 돌려놓으러 다시 바다 아래로 내려갔다. 그 사람은 바닥에 눕는 것처럼 몸을 돌리고, 뒷짐을 지고서, 입술을 동그랗게 오므렸다. 입술이 열리자 입에서 도넛 모양의 공기 방울이 생겨났다. 수면으로 올라오면서 도넛은 점점 커졌다. 운전대만큼이었다가 금세 훌라후프만큼 커졌다. 이내 도넛 공기 방울은 내 몸을 통과하고 사라졌다.

*

먼저 집으로 돌아가는 언니를 배웅했던 그 공항

의, 그 게이트 앞에 서 있었다. 난간에 턱을 걸치고 시간표를 응시하면서 친구를 기다렸다. 게이트가 열렸고 친구가 캐리어를 끌고 나왔다. 친구와 함께, 언니와 했던 것들을 나는 차례차례 섭렵해나갔다.

맨 처음, 숙소에서 자전거 두 대를 빌렸다. 내가 앞장섰고, 친구가 뒤따라왔다. 마을을 빠져나오자 텅 빈 도로가 펼쳐졌다. 곧이어 비포장도로와 함께 숲이 펼쳐졌다. 왜 자꾸 인적도 없는 곳으로 가느냐며 친구가 자전거를 세웠다. 조금만 더 가면 된다고 나는 뒤를 돌아보며 외쳤다. 맹그로브숲을 지났고 좁은 나무다리를 건넜다. 자전거를 세워두고 친구의 손을 잡았다.

바다가 나왔다. 야자 잎으로 엮은 파라솔 아래에 빈 선베드를 찾았다. 나는 친구가 충분히 더위를 먹고 충분히 괴로워할 때까지 기다렸다가 손을 내밀었다. 친구의 손을 잡고 바닷속으로 풍덩 뛰어들었다.

"진짜 에메랄드빛 바다는 처음이야."

친구는 시원한 사이다 속에 담궈진 기분이라며 깔깔 웃었다. 나는 파도가 다가오길 기다렸다가 파도 속으로 들어갔다. 파도에 말려 텀블링을 한 바퀴 하고 나면 파도와 친해지는 것만 같았다. 친구는 거친 파도를 정면으로 맞고 자꾸 넘어지고 있었다. 파도에 안긴 채로 파도 속으로 휘말려 들어가는 방법을 친구에게 알려주었다.

언니와 함께 갔던 식당에 또 가고, 언니와 함께 갔던 사원에 또 가고, 언니와 함께 갔던 야시장에 또 갔다. 언니와 함께했던 호핑 투어를 마지막으로 친구도 언니처럼 집으로 돌아갔다. 또 다른 친구가 찾아왔고 나는 또 그렇게 했다. 연락만 주고받던 친구, 연락도 끊어졌던 친구. 다들 나에게 오고 싶어 했고 나는 기꺼이 초대했다. 우기가 찾아올 때까지, 함께하는 사람만 바뀌었을 뿐, 같은 것을 반복했다.

*

아르바이트를 하기로 결정했다. 식당에 써 붙여 놓은 구인 광고를 보고 즉흥적으로 결정한 것이었다. 식당 주인은 내일부터 서빙을 시작하라며 반갑

게 이방인을 맞아주었다.

조리실에서 요리에 열중하고 있는 서머와 윈터를 가까이에서 처음 보았다. 둘 다 스무 살도 안 되어 보이는 앳된 모습이었다. 한동안 서머와 윈터는 내게 말을 걸지 않았다. 단지, 묵언 속의 배려만 내게 행할 뿐이었다. 나도 묵언 속에서나마 나름의 친밀감을 표하려 노력했다. 브레이크 타임마다 식사를 할 때엔 그들의 물과 그들의 포크를 먼저 챙겼다. 식사를 마친 후 그들이 낮잠을 잘 때에 나도 그들 옆에서 낮잠을 잤다. 잠에서 깨어나보면 내 앞에 땡모반 한 컵이 놓여 있었다. 서머와 윈터는 조리실에서 요리를 하면서 내가 땡모반을 벌컥벌컥 마시는 걸 보고 있었다. 나는 그들에게 활짝 웃어 보였다.

서머와 윈터의 집은 가게 뒤쪽 야시장에 있었다. 야시장에서 망고트리를 끼고 돌면 파란 지붕을 얹은 집이 나타났다. 마당을 중심으로 왼쪽에 창고를 개조한 자그마한 별채가 있었는데, 서머와 윈터의 집이었다. 그들은 야시장에서 사 온 알라딘 바지를 내게 건네주었다. 우리는 서로 다른 색깔의 알라딘 바지를 입고 같은 침대에 누웠다.

"제 방에 자꾸 나비들이 찾아와요."

나는 나비들과 함께해온 아침 시간에 대해 말했다. 의자를 뒤로 빼려다가도 나비가 앉아 있지 않은지 확인하는 것에 대해, 침대 한편에 앉아 있는 나비를 그대로 두려고 침대 구석에서 잠을 자던 일에 대해.

"왜인지 모르겠는데, 나비들이 자꾸 싱크볼에 죽어 있어요."

방에는 이슬이 없어서일 것이라고 윈터가 말했다. 나비가 한 방울의 물을 찾아 헤매다가 그나마 물이 있는 싱크볼에 내려앉는 모습을 상상해보았다. 물은 있었겠지만, 필요한 만큼의 물만 있었을 리는 없었다. 나비는 한순간 물에 빠지고, 싱크볼의 미끄러운 표면에 내려앉으려다 다시 물에 빠졌을 것이다. 윈터와 나비 이야기를 나눈 이후로는 싱크대 가까이 나비가 다가갈 때마다 손을 휘저어 내쫓았다.

내가 아르바이트를 그만두던 날에 서머와 윈터

는 내게 종이봉투 하나를 건네주었다. 오징어먹물 빵 두 덩이가 들어 있었다. 나는 숙소로 돌아와 천천히 그 빵을 우물우물 씹어 먹었다. 서머와 윈터와 함께, 네 번의 무지개를 볼 수 있었던 브레이크 타임에 대해 생각했다. 그중 한 번은 쌍무지개가 떠 있었다. 그걸 배경으로 서머는 내 사진을 찍어주었다. 바깥 무지개가 안쪽 무지개보다 흐릿해서 사진에는 잘 담기지 않았다. 사진 찍기를 반복하는 사이 무지개는 사라졌다. 나는 버튼을 눌러 사진을 확대해보았다. 흐릿하지만 분명, 바깥 무지개도 담겨 있었다. 사진 속의 나는 콧잔등이 새까맣게 타 있었다. 더할 나위 없이 맑은 얼굴을 하고 있었다.

한국에 돌아오고서는 이사를 자주 다녔다. 월세 계약이 끝날 때마다 이사를 갔다. 내가 살던 동네에 타워형 아파트가 들어서고, 내가 다녔던 우체국이 갤러리로 바뀌는 동안까지 나는 그 동네에서 가장 싼 방을 찾아내며 전전했다. 나를 찾아왔던 친구는 아이를 낳고, 또 다른 친구와는 연락이 끊겼다.

태국의 그 동네를 다시 찾아갔다. 나비가 들어오

던 그 다락방도, 레게 음악이 흘러나오던 해변 카페
도, 서머와 윈터와 함께 일했던 레스토랑도 그대로
였다. 서머와 윈터는 달려 나와 나를 부둥켜안았다.
브레이크 타임까지 기다렸다가 우리는 해변으로 걸
어갔다. 누군가 해변에 두고 간 배구공을 윈터가 들
고 왔다. 우리는 흩어져 자세를 취했다. 윈터가 시
원스레 팔을 휘둘러 먼저 서브를 넣었다. 꼬질꼬질
한 배구공이 곡선을 그리며 날아올랐다. 서머와 윈
터는 모래사장 위를 가볍게 뛰어다녔다. 햇빛 속으
로 뛰어올라 스파이크를 날렸다. 나는 두 손을 모으
고 공손히 공을 받았다. 머리카락은 땀으로 범벅이
되고 입속은 모래로 서걱거렸다. 팔목에는 온통 멍
이 들었다. 서머와 윈터가 아프냐고 물었다. 나는
고개를 저었다. 누군가에게 자랑을 하고 싶을 만큼
푸른 멍이 뿌듯했다. 우리는 서로를 보면서 웃다가,
이마에 흘러내리는 땀을 닦았다. 서머가 다음 차례
를 가리켰다. 바다였다. 누가 먼저랄 것 없이 바다
를 향해 달려갔다.

겟패킹

지은이 임솔아
펴낸이 김영정

초판 1쇄 펴낸날 2020년 3월 30일

펴낸곳 (주)현대문학
등록번호 제1-452호
주소 06532 서울시 서초구 신반포로 321(잠원동, 미래엔)
전화 02-2017-0280
팩스 02-516-5433
홈페이지 www.hdmh.co.kr

© 2020, 임솔아

ISBN 978-89-7275-161-8 04810
     978-89-7275-156-4 (세트)

* 이 책은 서울문화재단 '2020년 예술창작활동 지원사업'의 지원을 받아
  발간되었습니다.

〈현대문학 핀 시리즈〉는 당대 한국 문학의 가장 현대적이면서도
첨예한 작가들을 선정, 월간 『현대문학』 지면에 선보이고 이것을
다시 단행본 발간으로 이어가는 프로젝트이다. 여기에 선보이는
단행본들은 개별 작품임과 동시에 여섯 명이 '한 시리즈'로 큐레
이션된 것이다. 현대문학은 이 시리즈의 진지함이 '핀'이라는 단
어의 섬세한 경쾌함과 아이러니하게 결합되기를 바란다.